U0939391

【焦欣波诗选】

垂天之鱼

ChuiTianZhiYu

焦欣波·著

中国文联出版社
http://www.clapnet.cn

图书在版编目（CIP）数据

垂天之鱼 / 焦欣波著 . — 北京 : 中国文联出版社 ,
2016.7（2025.4重印）

ISBN 978-7-5190-1641-8

Ⅰ . ①垂… Ⅱ . ①焦… Ⅲ . ①诗集 – 中国 – 当代
Ⅳ . ① I227

中国版本图书馆 CIP 数据核字 (2016) 第 139020 号

垂天之鱼

著　　者：焦欣波

出 版 人：朱　庆

终 审 人：金　文　　　　复 审 人：王　军

责任编辑：郭　锋　　　　责任校对：王洪强

封面设计：凤凰树文化　　责任印制：陈　晨

出版发行：中国文联出版社

地　　址：北京市朝阳区农展馆南里 10 号，100125

电　　话：010–85923033（咨询）85923000（编务）85923020（邮购）

传　　真：010–85923000（总编室）　010–85923020（发行部）

网　　址：http://www.clapnet.cn　　http://www.claplus.cn

E–mail：clap@clapnet.cn　　guof@clapnet.cn

印　　刷：三河市宏顺兴印刷有限公司

装　　订：三河市宏顺兴印刷有限公司

法律顾问：北京天驰君泰律师事务所徐波律师

本书如有破损、缺页、装订错误，请与本社联系调换

开　　本：880 × 1230　　1/32

字　　数：20 千字　　印　张：5.625

版　　次：2016 年 8 月第 1 版　　印　次：2025 年 4 月第 3 次印刷

书　　号：ISBN 978-7-5190-1641-8

定　　价：28.00 元

触摸灵魂

焦欣波是个优雅的文人，我却不知道他也是个诗人。猛然一想，焦欣波住在曾汇聚李白、杜甫、白居易、王维等一大票诗人的长安，一个当代文人写诗一点也不奇怪。

诗是作者与读者的心灵桥梁。看一本诗集，是阅读作者的灵魂。创作与心灵相通，只能以心灵阅读，读一本诗集别理会书中语言文字，应用自己的心触摸作者的心灵！

人生是一种淡淡的凄美，一切都是为了美，其他只是无谓的细节。

常听哲人说：“不要用‘脑’来思考，而要用‘心’去体悟！”我懂得“脑”与“心”的差别在哪里？所谓“脑”就是理性思维的左脑，“心”就是感性思维的右脑！自古以来，著名诗人都是要命的感性主义者。

焦欣波一向以感性待人处事，看了他的《垂天之鱼》，或许有一天，我也学学焦欣波，用我的心灵写一本自己的人生体悟诗集。

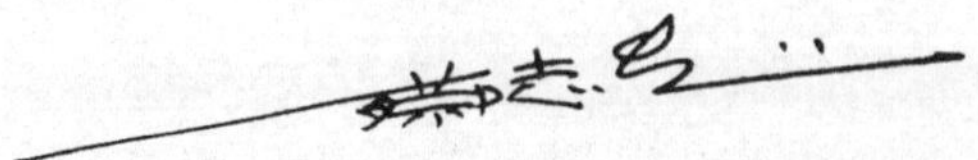

目　录

CONTENTS

001　玻　璃
002　蓝的，绿的
003　无　题
005　画
007　落　草
009　老　腔
011　瞬
012　神秘猫
014　他可能是国王（组诗）
020　蚂　蚁
021　白　天
023　文　人
025　三　清
027　伏　羲
028　李　白
030　精　卫
032　夸　父
033　发　芽
034　牧　民

035 感冒的时候我会幻想
036 生　活
037 谁看见了那只巨鹿
038 没人知道的心思
039 看见阳光
040 战　场
041 假　装
042 马
044 橙　子
045 在地铁上唱草原之歌
047 当梦浸过我的身体
049 无　眠
050 神　谕
051 手　印
052 虫　子
053 村（组诗）
056 秋　天
058 黑　河
060 旧　庙
062 骑　士
064 自九点以后
066 渣土车
068 上　尉
069 这一刻
071 霾
072 武松与潘金莲
073 蜘　蛛

074 去 向
075 三十岁
077 惶惑不安
078 作为父亲（组诗）
082 孙思邈的故乡
084 问问苍天
085 沉 默
086 告 别
088 十七行诗
089 芒 种
090 一个村庄
093 树 梢
094 乌 鸦
095 发现动物
096 垂天之鱼
098 终南山哭了及骑士与剑（组诗）
106 大雾迷茫的夜
107 无 题
108 我 醉
109 这个冬天来临得太早
111 迷 惘
113 流 放
115 图书馆地下室
116 回来的路
117 我不了解我的灵魂
119 我们这一群
120 一代人

122　忽　然
123　我　想
124　疯子的感觉
125　我们一直在走
127　断　想
128　西坠了，残星
130　空　洞
131　夜深了
132　知　了
134　宋　江
136　没有名字
138　白　鸽
139　猫
141　昨　夜
142　诚实的孩子
144　窗　外
145　黄　昏
146　那一天
147　夜里的女人
148　苦　闷
149　六月十九日
150　考　试
151　小表叔
153　致一位诗人
154　故乡、灵魂与梦（组诗）
163　悼　词
165　跋　令人不安的灵魂

玻　璃

一直想以一块完整的玻璃
那样，映衬世界
可知我确实是一堆碎片
粼粼闪闪，无处言语

哪里有一颗钟
盘旋在大地中空
它会发出冰冷的声响
穿过我的生命之门

我想呐喊
请神给我插上飞翔的羽毛
对着宇宙
空空的呐喊

蓝的，绿的

鹧鸪鸟消失的方向
暗灰色的天空
飘动冰水般的寒风
有一个人儿
这么空空荡荡
站在湖边
他打算做香料的生意
需先埋掉人世间的杂念
举行一次体面的葬礼
赶着马车，才扬鞭而去
他渴望一条忠实的卷毛狗
紧随他，闯一闯天涯
他凝眸远处
蓝的，绿的
森林覆盖一切

无 题

那像桥一样的景象
在五月的绵绵细雨
伸直身子

飞鸢发出微弱的啾叫
划过一颗柳树的末梢
我如何才能将一只
欣欣向荣的羊
放进徐渭的山水画里

那座七色斑斓的彩虹
映衬着一座忧淡的山
和一处无欲无求的旧庙

有人匆匆而过
怀抱香火和一簇野菊
被汗水浸透的袖子
又脏又破

水鸟外出觅食
碌碌茫茫
浑身和着泥土

欢笑在乡间播散
而城市却寂静如常

画

是一阵风把我吹向天空
是你撒了一把盐
给我的麦田涂上了味道
是你收割我
用五彩斑斓的云朵
将我带走

我贫穷的想去撕裂耳朵
想在荒凉的世界
奔向遥不可及的大海
在三月的季节
寻找神女遗落的花瓣

你是我梦中的萨满
犹如从古至今的神秘音符
你吸引我，用猴子的脸
和一颗牛的心
用绣着鸳鸯的手绢

我请求阳光、雨露和鹅卵石
一整套庄严的仪式
请求一条磅礴的大河
请求土崖下的花菜
还有夜里盛开的丁香花
画给我寂静的村庄
画给我一叶扁舟

落　草

我们逃离
在一扇门的背后跨沟过河
站立峁梁之上
掰一朵火红的山花
撒一把豌豆
再翻过绵长的山脉
去祈求太一遗落的村庙

一泓泉水
犹如大地之母斑斓的手链
建一幢朝南的阁楼
铺一条通往自由的石路
沏一杯茶
养一只与浮士德同名的狗

我们在春种秋收中过日子
我们一起放马
我们捉回傍晚的蟋蟀

我们从麦田里寻找
丢失多年的梦

我们发誓不再植桑
禁止修建人民广场
和短促的斑马线
蒲公英是迷途的开始
落入土壤是我们的结局
我们飞翔
飞离冬天
飞向布满彤管的上空

老 腔

是一颗滚烫的心不服皇天的安排
是苍凉的悲情向着穹庐吼出的戏谑
是夕阳下田间的晚风送走胸中的块垒

用皮影演绎众生的命运
唱一曲《秦琼卖马》舒缓繁杂的惆怅
两千多年传说跟随牛车尘土飞扬
兄弟六个伏伏起起

金戈铁马胜过情人手中的玫瑰
衰老的年轮抵挡不住
豪情万丈的英雄气概
似乎有一匹火蹄骏马
常年等候在柳枝婆娑的村口

怀抱月琴已飞去远方
手舞扦子做着熟悉的旧梦
打惊木的老者敲响现实

愤慨喷薄而出

一个村庄装满了天下
一声号子拽动倔强的青年
淋漓的汗水在台前传递
黄土地上正举行沸腾的祭祀

瞬

我如何面对死亡
我目睹自己被大河冲走
又被痛苦地搁浅
那块被阳光照射地石头
依旧坚硬而灼热
我撑起拐杖
践踏着比我更瘦弱肮脏的小草
和它开放的黄色小花
望一望
一无边际的荒漠
还有哼哧着鼻孔的骆驼
怅惘像一张白纸贴紧我的脸
花里胡哨的雄鸟蜷缩着羽毛
静静地等待雌鸟
以及求饱食的永生
这是怎样的世界

神秘猫

她是犯罪者吗
她让生活指针走得如此飞快
她忘记了心中的那个神秘

喧嚣是最佳的逃避方式
天幕之下，大地静静伸展出
荒凉的沙漠
而水、绿色和杂草懦弱地
在风中摇摆

她的爪子被滚烫的石砾
烫得变黑，甚至散发着焦煳味儿
只有漂浮在高空的云
悠闲地如同梦中歌声
注视一只只挥汗如雨
却又无法停留的朝圣之鸟

这些狂躁的鸟，掉下来

就是一个个神秘猫
在无垠的沙漠
只能奔跑，时而疯跑
胜过天空的飞翔
她们生怕，喘息之际
繁星满天，而丢了那个神秘
但，她们是犯罪者

他可能是国王（组诗）

一

冬末的耻辱以后
有几个人扛着大旗
身穿半新半旧的款式
发誓要建立人民广场
在纸上
他们与刽子手对决
然后号召另一群
喜欢金色权杖的人
扶起跪习惯了的双肢

从梦中醒来者打开窗户
放出制作了多年的风筝
陪着孩子
在血雨腥风的街巷
和郊野
享受天地之间吹进的
那股清新空气

有一些人依旧在奔波
贫穷的无法自由地自杀
唯有在泪和笑中
用一颗卖光头发的脑袋
撞向混沌的门墙

二

小个子魔鬼取出重型武器
一瓶杀身成仁的毒药
闯进风雨飘摇的古船

窗破的那一刻
被点燃的血液
望着万里之城的星点路标
口衔锋利的刀子
踏进雪封的河流

八百个走投无路的壮士
先自回归到了母亲的怀抱
浇灌出千亩良田
孕育坚硬的五谷
和灵秀的身躯

苍茫的岁月
无法愈合子弹穿透
肌肤留下的疤痕

这是民族的记忆
无须母亲的阵痛
也能产出

三

那是另一种自由
是自由的同胞兄弟
一个做了国王，另一个
只能隐退
或者彼此相反

他们成群的涌向平原
或者爬上偏僻的高山
借图腾的名义
私下挥舞自己的权杖

他们喜欢
在风调雨顺的日子
忍饥挨饿
在一座座钢铁炉中
掏取生活的资本

其实他们往往公开吼叫
站在广播前
一起倒向左也许右
他们是纸片儿

薄薄的一张

四

冰雹打伤了许多人
甚至割破他们忠诚的血管
迫使他们放弃美好的生活
去寻找夜里微弱的
光明

从这个时候
大多数人都喜欢身披
豪猪一般的衣服
保持刺猬的警觉
和一颗准备战斗的心

偷窥者就这样产生了
在万米高空
像鹰一样犀利
俯冲并去觅食
一个人腋下的跳蚤

篝火的旁边
祭祀的仪式举行了很久
几乎烧尽了一片森林
盛大的舞会才慢慢熄灭
人们摘下五颜六色的面具
露出洁白的板牙

五

他登基的时候
拿黄金铺了一条路
牵着狗的女人
渴望醉生梦死在
雄壮的天鹅身旁

爱情从此接受了
检察官的训令
像啮齿咬动
被蛀虫啃噬的苹果

夏日的喧嚣
把男人变成蠕动的蜗牛
脆弱的足以翻越半米高墙
像草一样伫立
顺着风吹的方向自由呼吸

雾霾笼罩北方大地
医生伪造签名
企图掩盖缺氧的肺
和癌的征兆

春天，男女像花儿一样绽放
柔嫩的只能绽放
且常常把慵懒挂在身边
充当首相

六

他带着时间的愁容
被喜鹊或乌鸦
抑或百鸟朝拜
他更爱用神灵的模样
装点自己的王宫和座椅
他善于取悦民众
却从未忘记
偷偷喝下遗忘的泉水
他永远老态龙钟

蚂　蚁

我爱上了蚂蚁
这都怪李贺
每天来找我听诗
然后，骑着他的驴
或高兴或忧悒地走了

春天那么的轻盈
夏天也那么的炽热
其后是大雪漂泊的冬季
其后是秋

檐下的风铃
蚂蚁摇来摇去
我未读书也未喝茶
躺椅映照垂天的云
乌鸦背过枫树林子
李贺赶地平线去了

白　天

天雨下着
我有几分落寞

李白应该还在喝酒
我派去的伙计未有消息

清晨，姑娘们从我身边走过
我们看了几眼
也没有微笑

街上的行人不多，然后雨
开始下

我想把我的笔和书卖掉
窗外雨滴下的孩子异常高兴

燕子也顺着地面飞行
我看了看

沉默了许久

一天就这么过去了
时间穿过我的血液变淡了

有点怀念寒假冻死的吊兰
还有好早以前飞走的两只鸽子

我就这么坐着
浓浓的咖啡味道在眼镜片锈了一层
很薄，足以让我注意到它的热腾

夜似乎更深了
床头的孤灯光色柔和

我想洗个澡
把白天洗进浴盆

然后，和灯一起走进子夜
李白该回来了，我等他

文 人

屈原死的那天
我哭了三场
后来，渊明要进山
我也去了

过了许久
我去拜见李白
他喝着酒，闻鸡舞剑
苏轼叹了口气
由两个仆人陪着
一拐一瘸地去海南了
陆游死不瞑目

汉卿很有骨气
他一直在写剧本
想拉我入伙
我犹豫了些日子

耐庵也很坚强
写了一本厚厚的《水浒》

后来，国维来访我
我劝他不要死
最后他还是死了
这一次，我没想哭

三　清

哦不，或许烫脚才能解决我的问题
这阴霾密布的天

这未曾出现半只野兽的深夜
这冷得让人难去穿梭的城市

油湿的路灯打在四通八达的街面
锥形的光束，冷静的像三清塑像的脸
我们无法找寻苏格拉底

轰嚣而过的渣土车，一辆一辆
跟我旁边翻滚的铁壶，我的心跳
达成默契

我更想站在天宇之边
用手拨离蓝的发黑的星球

但是我，在无声无息中

惨淡而无力地继续战斗
昨天我已踏进厚重的门槛

点香，捐赠功德，三跪九叩
用我的眼死死盯了盯
三清的脸

伏 羲

潮汐碰触过石岸
我把斑斓的贝壳又扔给大海
回到天水，云中的神庙

女娲臃肿着身影填塞灶火
浓浓的烟飘摇直上
锅缝溜出谷粟的味道

我站在昆仑之顶
还是那样的仙风道骨
蛇尾随风摇舞

香炉背后的壁画里
我们交尾而坐
端庄的容颜被无情消磨

又到了黄昏时刻
拉起女娲的手
我们照常游弋
梦幻里的戈壁

李 白

音乐响起
最让我怀念的是李白
还有夜里的泪

真诚穿过我的心房
清风飘扬，留下的叶子
带来秋的影
唯有烤炉依旧那么炽热

一对骆驼在夕阳里消遣
北方的鸟赶往北方
迎接还未出生的火种
暮色里的森林比什么都鬼魅

打着拍子的姑娘把梦带走
渐行渐远，消失的风景从云头归来
舞姿从左轻飘至右，腰如躬

每一次登山临渊，飞天近在眼前
回到远古，有胡姬醉卧柳边
水波荡漾。李白指点
踉跄踏出土黄色宫门
他醉了

精　卫

再也回不到我的故乡
父亲已败，母亲消散了她的身影
我去西山寻找木石
我用叫声呼喊我的名字
东海的水波碧绿连天

穿越山林，红色的赤足无处栖落
那无垠的巨浪，你曾溺我而死
陪伴我的铜镜，遗落他方
我在空寂的世界蹁跹翱翔

忘记我的美丽
还有哥哥编织的花裳
忘记父亲的神武英姿
还有母亲额头深深的忧伤
忘记妹妹的娇弱和泪水

有一座孤岛无人知晓

我带着疲惫夜夜宿霜
十年过去，海面依然如故
冷冷的寒风侵袭我的羽毛
只有我白色的长嘴
和犀利的双眼
往返在天涯水方

夸父

我知道，你豪迈的过度
汗水曾养育万物，滋润天空
你把厚重的树皮磨破
把山丘用巨大的铁脚踏平
也没能阻止你目光的深邃
遥远的云波是那样的广袤
岁月悠悠如身边的河水
你渴了，干涸的石床裸出
遒劲的硬度，你踩它们如踩
细碎的沙子。六月的午阳浓烈
你鼾声如雷，令所有的仙人躁动不安
你醒来，山川崩裂，唯有炎炎火球
等你追逐。那一刻，那漫长而流动的
一刻，你高不可攀
我知道，你长发飘逸
你的指甲如长了千年的竹子打造
你的血液黏稠的足以窒息人间一切
你有力地奔跑，向落日的那边
我知道，你要接近终点，要看清
那轮圆圆的火球

发 芽

我又一次灵光一闪
黑夜拍了拍我的肩膀

我只能是一匹战马
喜欢叫嚣或者鲁莽的奔腾

鹰已经飞走
连最流连忘返的候鸟
也失去最后的音信

我看见火红的天空
向西山慢移
看见乌鸦开始喑哑

唯有风和秋草像春天的柳絮
旋转旋转然后静落死亡

牧 民

阿尔忒弥斯背着弓箭
在树林默默地寻觅

我无法与她相遇
主违背了原意
毁掉通天之塔
彩虹消失了

牧民开始挥动痛苦的手臂
洪水时代再次来临
或许仓鼠也扭转头颅
不再与我交谈

我躲进镜子后面
发出唏嘘的语

感冒的时候我会幻想

我似乎丢失过自己
在到处都是粉色的泥浆
那是个恐龙的年代
人还与动物一样
我丢失了自己
阳光穿透茂密的森林
我在水池边嬉戏野草
黑暗就是这样来临
苍茫的大地下了整夜的雨
我找不到南方
所有生命朝一个方向涌赶
掉队的人总是要回到山里
我找回了我的洞穴
张望远处的天堂

生活

历史冷却了我
我冷却了三粒种子
一粒在天
一粒在地
一粒无所安息

谁看见了那只巨鹿

谁看见了那只巨鹿
穿过无边的森林
享受漫天的蒙蒙雾雨
谁又迎来料峭的春潮
涌入无情的泥流
那只猎枪满怀希望
子弹像纸鸢一样飞翔
与苹果的种子微微酝酿
我举起双手倒立而去
夕阳滑向东方

没人知道的心思

悠悠地举起枪
对准那一只停留在
枝丫的褐色飞鸟
子弹划过抛物线
发出炸裂的火光
鸟飞走了

跟随猎人的土狗
朝着高大粗壮的树林
汪汪狂吠
黄叶连同深秋的果子
扑簌簌掉了下来

一只蚂蚁路过
被猎人狠狠踩死

看见阳光

骑一匹骏马
闯进严丝合缝的地铁站
人声鼎沸

我用犀利的眼光
打量乘客
纵身一跃跳进车厢
像一场梦
摔倒在座位

马不翼而飞
我手中的金刚珠撒落一地
到站了
终点站

一手扶着老太太
一手提着行李箱
出站，看见阳光

战 场

他来自八月
喜欢草莓味的冰淇淋
棋艺精湛
而且，笛声可以达到
专业的水准

他有温暖的家
有几个贫穷的亲戚
常常同一帮子追求自由的朋友
雨天找寻米酒做伴

他要求上战场
大步跨过荒芜的沙漠
吹啤酒泡沫
多杀几个人
像龙生的睚眦

谁了解他呢

假 装

黄昏以后
他假装要举办一场
盛大的化装舞会
偷偷地潜入书店

翻了一本又一本
翻到自私处
他要印证这煌煌的世道
他无意中捡到一张
用纸币做的书签
惴惴不安

天亮了
他故意拿起一本字典
抱在怀里
呼呼大睡

店员互相议论
“他是小偷
还是爱读书的人”

马

一声嘶叫，马儿倏然倒下
河的对面
是成片成片的森林
和一望无际的草原
在这个三九寒冬

猎人紧握着枪
瑟瑟发抖
火堆几乎要熄灭
锅里煮着半生的鹿肉
他张望着痛苦不堪的马
魂不守舍

黑暗似乎降临
天幕像一条巨大的飞毯
他欲哭无泪
他的马儿
陪伴他叱咤疆场

又陪伴他静守岁月

他舀了一碗肉汤
囫囵吞下
贴近火堆暖了暖身子
举起枪，结果了自己
他要和马儿
一起奔向飞毯

橙　子

似北方的一朵云
似南方的一团火

开一辆老旧吉普去追
刚从树上摘下的橙子

冷寂的只有硬椅
和暖胃的红茶

用洁白的纸巾
擦拭眼镜以及
酸酸的泪

风比雨水大点
甘蔗没有预想的
那么甜

剥开的橙子
吃还是不吃

在地铁上唱草原之歌

歌声悠扬地穿过
十几节车厢
马和牛羊搭上了同一列车
草在内心生长

这是开往贝加尔湖的地铁
天空离你更近
鹰伸出猎手
翱翔在碧蓝的苍穹

正如你张开双臂
马头琴发出丝般的幽咽
生活的烟云驰骋在
城市上空

在地铁上唱草原之歌
行走于大地雄厚的躯体
把空灵的天籁

注入地下河水

灵魂需要拧开水管

当梦浸过我的身体

当梦浸过我的身体
当山顶的风与我相遇
当李贺拿着笔和砚
涂抹我明月般的窗色
充了电的繁星将指针
指向教堂

我默默地祈祷
默默地将岁月的沉渣
从管道清除
蝴蝶飞向另一个皓白的国度

当梦浸过我的身体
当五指滑向肋骨
当李白的官梦落入
翰林，鹞子早已翻过
高山，进入暮色的林影

我默默地祈祷
默默地将灵芝藏进胸怀
秋蝉飞向另一个寒潮的国度

当梦浸过我的身体
当身体卷成一团
昏鸦啄食了

无 眠

我向往瑶池
还有花树下熟悉的落叶
我同鸽子一起爬山
鸽子飞走
我像西西弗斯唱着美妙的歌
手执曼陀罗
日子如《诗经》里的少女
在墙角等待昏黄
昨晚秋风把梦扫进了水井
绿色的青蛙张着嘴巴面朝天

神　谕

再次苏醒的春天，将自己的蔓草
无法延伸到远方的地平线
或许酒帮我打开了天窗的一角
彻夜呼啸的风从那头山谷狂乱飞来
就这样，夜空干净而美丽
梦在朦胧中时常飞来，又不情愿地消失
苦涩的海水淡化着落日
然后继续搁浅光鲜的贝螺
我等待的神谕也来了
偷偷地下了一道不可恕的秘密
转身离去
只有我默默地站在仙人掌上

手　印

因为冬天从四面八方降下
因为我们无法征服草蔓丛生的平原
因为对生命和自我的弥望
因为血液有明亮的锈色
我们开始收获不速之客

水鸟摸着石头匆匆而逝
我们逗留然后寻觅
想用玻璃和坚挺的世界沟通
写下燃烧的咒语
再将手印贴上天空

虫　子

或许我像蚯蚓一样松动土地
黄昏突破了厚实的云层
我该不动声色地关上窗户
拒绝零碎的石块发出的声响
这是一片如死一般的世界
猎物们还奔跑在深深的草丛
落寞却慢慢降临到血液
细小的花朵继续散发她的香味
那边的林子被狂风摇曳
我想偷偷地挤挤身边的小镇
捉回带着密码的小虫子
仰望格子里的黑色星空

村（组诗）

一

早春的山镇
机器划破天空
无声的斑鸠
飞来飞去
落在挂满蓓蕾的枝丫

二

浅雨过后
山村依旧那样宁静
几片冷静的云垂吊天际
一处洞穴被断章取义
四方的庙堂贴上了陶瓷
我们都有点后怕
怕我们血液慢慢沸腾
老人或有几声抽泣般絮叨
年轻人清晨照常走下煤矿

几颗熊粗的树被挂了牌子
有秧歌声从远方袭来
我们听不出古老的味道
红色的丝带在眼前飞翔
孩子们比我们兴奋
春天的种子燕子衔来

三

这是长出羽毛的时间
准时而到的山风却没有出现
香山寺的晨钟似乎领先于我
发出幽兰的声音
我也开始慢慢扩张我的血液
它像一条小溪光滑细腻
从山谷流向遥远的岚霭

四

我从未强烈地感受到
你的生长和野性
却如此铭刻在我坚硬的骨头
我知道，我被鹞子般的理念
固执的包裹，叙述无人经历的故事
以及衍生而来的混凝物
我无法读懂你蹒跚的脚步
凸显着焦虑的面孔

只好用一夜疯狂的盗汗
流尽我体内蕴藏的麻药
再把那些时刻骚扰
我的蚂蚁，一只一只捉走
清晨足足撒一泡尿
用空腹去面对未来
归隐自己，归隐我时常
射向远方的利箭

五

东南方向彤云密布
我每天赏心悦目的山峦
被深深的掩埋
四周渐渐暗淡
最后的黄昏似乎已经不再
我徒步向弯曲的山路爬去
绿色依旧淡雅自然
这时候，我想得更多的
是我和世界的关系
是一辆马车
从蔚蓝色的天空驰过
而我，就是那永不褪色
的车夫

秋　天

这是一座不起眼的村落
每夜风从山谷缓缓袭来
你会看到清晨的太阳像死亡脸色
老人们背靠土墙
用黄昏的眼神穿越记忆
絮叨着传说和她的身影
天空飘落的树叶停在
他们平静的心底
蚂蚁为活着四处觅食
寻找属于他们生命的意义
古老的音符造就了思想
像盘旋在网中的雄鹰
执着又无处可逃
如诗的田园和着苍莽大地
灵魂在皲裂的手掌转悠
这是一种亵渎，只能面朝黄天
默默消融川水和积石
黑鸦从沉寂的空中划过

然后消失在密茂山林
卷起落寞的烟丝
老人们轻轻吸啜

黑　河

黑河水涨满的时候
太阳泪流满面
这个有过乌云的年代
荆棘丛生

紫荆花试图陶醉众生
却被乱石愤恨地搪塞
被威武的骑士骄傲地践踏
被糊口的车辆逐渐淘空

当雨水像浓浓的紫气
高挂在饱蘸墨汁的苍穹
我跳进了黑河

拨开水草的摇曳
抛撒下金光粼粼的网
打捞出一棵树
和她半红半白的果

数只蚂蚁鱼贯般铺开树叶
如同数个孩子要戏水歌唱
我赤裸着爬上彼岸
用狡黠的眼光直刺远方

旧庙

在神宇和鹰之间
我像幽灵一样盘旋
在大殿之上
我仰望佛
冷峻的面容

我该敲一敲
门外的那颗钟
被俗客敲木了的晨钟
还有那座被雷电
击毁过数次
又修复的宝塔
我该登一登

灰衣的和尚
手执血红色的念珠
光滑鲜艳且略显油腻
我不忍看他们皲裂的脸

沧桑坚韧的双眼

随他们
我绕塔三圈
想张口同他们
辩证法相与法身
可终被灵光一闪的智慧
打乱

鹰来接我
淋漓的汗水中
我爬上欲飞的翅膀
颤颤巍巍

旧庙越来越远
越来越远

骑　士

金戈铁马的骑士
趟过冰冻的河水
在略带温暖的残阳中
怏怏而来

这是一支凯旋的队伍
面无表情地凝视着
花团锦簇的人群
和锣鼓喧天的仪仗

首级与耳朵纷至沓来
贵妇们惊呼随之掩面
臣子们僵硬如同净丑
国王则张大无声的嘴巴
将权杖慢慢垂下

似乎给太阳拉上帷幕
骑士落寞的表情

以及被血丝吞并的眼
很快压碎了欢庆的声乐
甚至少女崇拜的目光

自九点以后

自九点以后
我时常听到大海的潮汐
一位老人佝偻着身躯
蹒跚而过

那些烂漫的花朵
在我的眸子里
渐渐消散

一种异样的音乐
如同幽影
在天穹展开
然后落下

我开始喜欢
被埋葬的文字
还有，激情的文字
吐出的哀怨

是不是蚁群来了
我是寒冬夜里的
庞然大物

渣土车

咆哮在子午大道
如同魑魅魍魉
一辆一辆厉声而过
到底是夜里狂躁的活阎王
还是嗜血的黑白无常
你要拉走多少人
甜蜜的梦
和为稻粱而谋的时间

你年轻气盛挥舞魔爪
把湛蓝的天空撕裂成
破碎的口子
用你的尾气和尘土飞扬
注入那永不消失的霾
你奔跑过的路
似镌刻在心中的阴影
笔直又绵长

渣土车
我诅咒你
在通往终南仙境的
子午大道上

那震天的杀喊声
混着呛鼻的颗粒
逼你百般搜索
也发现不了投诉号码
雷公因你将坠落
电母也会葬身人世间
而你却安然无恙

渣土车
你是绿叶扶植的一朵
奇葩的文明之花
草民奈何

上　尉

睡梦中忆起
俄罗斯美丽的湖岸
寂静的森林
如同天帝怀抱里的夜晚
松鼠嗑松子的声音
以及几分神秘而诡异的模样

鱼穿过喘息的水流
遨游到篝火
青蛙在火架子上张牙舞爪
纯蓝色的一匹战马
双鼻翕合着寒气
等待上尉结束这场
不舍的化装舞会

鱼自由地在水桶漫游
烤白的青蛙突兀地叫了一声
松子轻轻地落地
上尉瞄准对岸开了一枪
只有回响

这一刻

灰暗的草垛
像被打上一层
透亮的蜡
凝固的影子
如同妒忌鬼
刀下的木刻

一只鹿默默走来
依旧能感受到
亘古不变的幽风
嗖嗖刮过

这是不可捉摸的镜像
旁人无法到达
岁月的痕迹恰似
手中的茧
找不到流水
甚至流沙
发现不了蜜蜂
抑或蜘蛛织就的网

在生命的渠道
选择角落还是失重
皆会偶尔碰见
一位跛脚空空道人
慢悠悠地自言而去

霾

霾是黄泉路上妖孽吹出的乌瘴
霾是去往天庭仙道遗落的凡埃
霾统治了大半个北方，众神归隐

武松与潘金莲

一阵飓风在世间
唤起痛的波澜
一条通往自由爱恋的路
荆棘丛生，弥漫杀气
西门庆的双眼映射邪淫

在一个现实的国度
打虎英雄需要坚守理想
这是梦的指引
残缺不全的梦，黄昏蝙蝠的梦

一块山中的磐石与一只蓝色蝴蝶
在紫色的石街相遇
大地瞬间断裂
恶的岩浆喷薄而出

命运之神嘶喊了许久
怪乎谁，又怪乎谁

蜘 蛛

在潮湿黑暗的屋檐下
一张布满灰尘的网
顺着墙壁悄然摆动
蚊子飞来又走了

蜘蛛身着道袍露出邪恶的脸
时间慢的似乎宇宙凝固
墙底的粉红水仙
正开的鲜艳夺目

那一瞬，屋檐间
出窝的麻雀轻轻一跃
翅膀煽破了柔嫩的丝线
蜘蛛掉落水仙上
从此，花被罩了一层薄的细纱

去　向

我喜欢那些
被手指埋葬的声音
一个老农的庄稼地
一处陈旧的马王爷庙
至今还在怨恨的善男信女
然而，我们需要发展
这是趋势
用蓝皮书剔除掉
村子最后一块圣地
乡亲们的庙会也移到
新建的文化广场
祖坟迁往拥挤的灵堂
孩子们回到故乡
山，露出坑洼不平的啮齿
粉碎成石料和水泥
蚂蚁不知去向

三十岁

三十岁，我开始天马行空
盼望大雨滂沱
三十岁，马不停蹄离开躁动的巷街大道
在丛草乱石的水涧雕刻我的容颜
西北风卷着尘土，美丽的鹧鸪鸟向南飞去
我也怀揣太阳仰望山顶
不可想象，可悲的乞丐过着奢华的生活
每一棵树被剪掉枝丫又重新生长
每一立方米水流注入我们纯洁的血液
天黑了，我愿意飞翔，远离黑色
道路不算平坦，骨骼里的钙开始发生效用
约好朋友，把酒和美女装进口袋
像亚伯拉罕那样用灰土撒在我们的头顶
虔诚，匍匐且迅速的转移方向
三十岁，我开始一场冒险活动
用棍子敲打我的心脏，用舌头试图去舔
天边那一轮弯弯的新月
这个过程如分娩一样阵痛

这个过程像一首诗，一句哲理
被千万代人信仰
我走了，把彩虹贴在屁股上
我们只需要神话，思想的鸦片

惶惑不安

我们不如一瓶酒
生来明白自己的浓度
我们却在饭桌上
觥筹交杯，开怀畅饮
我们不知道后天
是否有骑士路过
高举神光和一道密封的旨意
我们不知
甚至，我们疼痛喊叫的时候
也没有赫尔墨斯出现
当我们到了后天
我们才知
事实不是我们想象的样子
一切令人惊讶
我们依旧无法把握
猜不着下一个后天的样子
在疑惑的眼神里
我们蹒跚着走向
荒草丛生的墓地
死后谁又该懂得如何生存

作为父亲（组诗）

一

孩子，不要那么急
从你会站起的那一刻
你没有在路上缓慢地走过

孩子，看见我们的小马驹了吗
它健壮的小腿，悠闲地低头啃草
有时还甩甩自己钢鞭的尾巴
它就在自己的槽旁
每天下午，我同它去山崖边溜达

孩子，今晚的月儿看到了吗
我和你的母亲就常常坐在田边
观赏，风把你母亲的发吹乱

孩子，停一停你的脚步
看看我们周围树枝头的小鸟
那朵带点红色的云，还有静静的

每一棵草，眼前流淌的小河
你都记住了吗

二

孩子，不要怨你的母亲
她只是希望你有自己健康的意志

昨夜我们把你赶出了房间
那也是希望你拥有自己的时空
并不代表我们不爱你

孩子，你有自己的思想
但不应该顶撞你的妈妈
尤其是在吃饭的时候
孩子，她只是担心

还记得你六岁学滑冰的样子吗
那个时候你是多么的坚强
妈妈和我为你加油
但你妈妈的心是紧缩的

三

孩子，你今天突发奇想
问我什么是爱
我说，痛到深处的是爱

你瞪着大大的眼睛看爸爸

孩子，痛到深处的是爱
你还没有爱过，没有被爱
深深地刺伤过，没有你的母亲
和我那样风风雨雨的黄昏

孩子，你被幸福包围得太久

四

孩子，深夜里你怎么闯入我们的房间
你怕孤单了吗，还是并没有雷雨的黑夜

你吓坏了你的母亲和我

孩子，你还不了解黑夜
那是给你无穷力量、想象和智慧的黑夜

孩子，一个人身临黑夜
那是一种幸福
只有当你长久的体验了
你才明白，爸爸没有撒谎

孩子，夜不光给你的母亲和爸爸许多
夜也给了每一个人许多

孩子，留在夜里，夜紧紧包围你的时候
你会舍不得离开

五

孩子，你的衣服一尘不染
那不代表你爱干净

你今天的眼光只是掠了一下
乞丐的孩子，然后缩了回去
这不代表你的血统高贵

孩子，你规规矩矩，按照
我们的指示在做
孩子，我们有我们的生活

孩子，你只看那些好的东西
寻求好的礼物，愉悦的玩乐
孩子，把你的眼睛再转动一下
有一些坏的事物，丑陋的礼物，
或者不那么称心的东西，需要看看
它们比好的愉悦的更让你明白
你多么优秀

孙思邈的故乡

我若能穿越
愿去老乡孙思邈那里
求得一剂良药
从天空抛洒而下

我若能以山神自居
任何人不得开采我的躯体
用我怒火般的双眼
平息隆隆的炮声

我若能与土地高谈阔论
一定指着鼻子呵斥
他的不作为
白净的脸，被披上厚厚的
一层毒粉末

我不是飞龙
若是飞龙

打两声喷嚏
用无根之水
还一个锦绣天空
一片五彩晚霞
用我的爪
把烟囱扒烂
让花洁身自好
让五谷丰登
让永驻在这个村子的人
远离癌魔

可惜，我不是
只是声音的影踪

问问苍天

我是否应该问问苍天
像庄子一样
其色正耶
我是否应该带着醉意
惊恐地翻看我的毛发
谁知道三山五岳
我赤脚行走
唯有最粗糙的灵魂
迎接冰水时代
阳光如火
我何时蒸发掉人间的话语
然后在天堂之角寻找天空
只有生命的微音
才像牙齿的咆哮
只有我打开一扇门
从我的心脏走出一条
一条的幼虫
我想我是疯了
想听到天崩地裂的冬季
雪覆万物涂抹上空

沉 默

面对浩瀚的书柜
我不知道我属于哪一本书
我整儿人似乎漂着
无法在明亮的台灯下
静静地坐上五分钟
我应该打开黑暗的窗户
在九月巨大的天穹接受
神秘力量的洗礼
剔除存在血管里的
尘世颗粒和隐隐的忧郁
然后默默地剥光自己
走进灌满墨汁的浴缸

告　别

我只是觉得自己烦躁
不管是面对凌乱的道路
或是漫山的郁郁丛林
我只是眺望无穷无尽的
蓝色，和不着边界的晚霞
我想用我的仪式
一种把种子埋进土地的方式
与这个村庄告别
其实让我彻夜难忘的
还是狰狞如鬼嗅的风
以及清晨打破沉默的
碎碎脚步
这里的雨水会拉长我的记忆
我会把我的血液
跟燃烧的灵魂
一起悄悄地送给万物
想用军人的方式拙劣的
敬礼，最终选择同每一张

嘴唇远远嗫嚅
我确信我的船在海中漂泊
我的翅膀黏着褐色的泥土
我的脚能折射阳光

十七行诗

我知道世界早晚要崩塌
可是我还是那么安详地
在高高的天空悠悠飞翔
乱颤的密雷枝让人惊讶
我想天神天将不过如此
翻过一座一座高耸的山
美丽景色令我万分沉醉
想要见的野连翘和杏花
在芬芳的季节尽情绽放
通往幽谷的山路曲又暗
岁月只能让我独自迷惘
雄鹰在我身后张开翅膀
我的胸襟比天地或许广
这是春天的理想过冬眠
这是虎啸长空龙降腊月
浓郁的云雾掩映着群鹿
冷却的血液像野马欢腾

芒　种

麦子熟了
柿子花散发出淡淡的香
燕子的剪翼轻巧地翻转
天空里的夕阳渲染红了云朵
东南倾斜的黄土地肃穆、静谧
北边归来的女人们笑语欢快
农用车突突驶过，震声厉人
烦躁的男人面着黝黑叫骂不断
棕毛狗站在广袤的波浪中间
眺望泛白的星际
一切似乎停止了、永恒了

一个村庄

我想让那条泥沙俱在的河沟
蓝水滢滢
而每年有那么一月
倾盆暴雨，黄水泱泱
这是我们唯一的河流
生命共舞的夏洪
一条似流星一般的河流

我们渴望
一条活蹦乱跳的鱼摆上餐桌
我们在皲裂的肌肤里
不曾种出脱胎换骨的五谷
或满眼绿油的福禄
过去采药的人儿
如今光秃秃的山脊
已伤痕斑斑

七月的梧桐

善于招纳聒噪的知了
它们每年制造一次
动人而美丽的情杀
平淡的似乎充满神奇
犹如雨后天空悬挂着
五彩斑斓的虹
和万里凌空的波云

我们见惯了
爷爷拖沓的布鞋
以及蹒跚的身影
劳累一生的血红耕牛
卷刃的农耙和锄头
连同奶奶洗衣的模样
和辘轳滚动的声响
我们见惯了

这秋的枯黄淹没了夏
这秋月使人恢复了精神
这秋虫鸣叫从远方袭来
这秋天的羊倒是膘肥体重
当椭圆的叶子落下
红红的枣被尘土洗刷
希望静静地伫立枝头

一场大雪终将我们封闭
黄色的裸土拼命保墒

我们看着窗外
枯枝被鹅毛覆盖
火炉与热炕
停止的时间
你能听见纳鞋的韵律
和吧嗒烟的节奏
你还能听到
狂躁烦闷的风

春天不需要记忆
柳枝独自发芽且婀娜
清晨的喜鹊各自飞翔
燕子归来
打工的人奔向万里长征
一切恰似往常
只有那开山的炮声
驱神赶妖阵阵传来

树　梢

我们可怜的只剩下鹰的翅膀
带进原始的田野
那里曾经有人唱歌、饮酒
追逐猎物，为丑陋的身躯
寻觅斗篷
我们跨过荆棘
蓝色的月光如雨般落下
听不到任何声音
或许，寂静里充满了喊不出的压抑
和那无法数清的绝望
我们的四肢被青苔淹没
我们只好给自己打满补丁
一步一步向海的天空飞飏
谁是天神？我们和谁温情的紧握双手
记忆之上才是时间的树梢

乌 鸦

世界变了，朝着白雪皑皑的方向。

所以飞鸟四散里逃走，只有几条小鱼，叽叽喳喳地要咬破厚厚的冰层。

没有人回过头看看中原的秀丽景色，都一股脑地顺着黄河，寻找山川岩石。

我们在哪里相会？无人知晓。野兽嚎叫得十分厉害，雷声也狂野地咆哮着。

没有人说话，甚至，没有人愿意多带走一件秋衣。

我们只是看星象图，跟着前人的脚步，闷头地走。成排成排的人，连火炬都是那么的微弱和吝啬。

谁的内心还在燃烧热烈的火焰？大家互相翻看。有倒退着走的，只是闭着眼，打着瞌睡，像树枝一样前进。

我们总是听到孩子的出生和哭泣。或大或小，最终都被捂住嘴巴，归于沉寂。

起风了，云像奔波不停的青纱。月光开始普照大地。

于是，所有人仰望明月。斑斑驳驳的树影照常婆娑，有人想喊一声。

声音穿过林子，遥远的那边悄无声息。

忽然沟壑躁动起来，乌鸦都飞来了。

发现动物

祖先用文字拨弄我们的血液
于是，我们的灵魂诞生
我们爬上山顶，向四周高声
呐喊。那一夜，大家都喝醉了
兴奋褪去了我们粗硬的毛发
也褪去了我们遥远的眼神
那一夜，黑色赶走蓝色
白色的轻纱围绕皓月
满天的灯笼关闭大门
我们沉浸到历史的长河
石头惊破我们的梦
天拂晓，冷冷的风，让我们
重新四足爬行，重新拾起动物的思想
还有对食物和根的贪婪
继续前行，寻找我们的巢穴

垂天之鱼

我走过那片无人的森林，然后进入无边无沿的沙漠。风来了，一片叶子随着热气飘摇自在。地母开始发散她的能量，天空被灼烧成火烈鸟的颜色。一条白布裹住我的头，沙如海之泡沫洗刷我的脚。有一匹骆驼穿过茫茫的戈壁，在遥远的天际疯狂的奔走。绿洲杳无音信。仙人掌一柱擎天的横亘着，像要刺穿整个世界。翻过沙之山外的沙山，夕阳一动未动。巨大的脚掌如铁。

有客如我同行。有水浇灌干裂的咽喉。有男人厚重的声音透过荒漠传递过来。有想象里的女人。有一队人马驰骋而过，毫不掩饰暮色带来的喜悦。悠扬的笛音从篝火传来，我闻到一股浓浓的醉味。手杖拨拉着沙子，再翻过一座沙丘，似乎接近了梦中的海市蜃楼。远远地望见星火之芒，而后在灰烬中捡起烧尽的残骸。

那是多么诱人的雄山峻岭。这并没有灵芝的山吸走了我的血液，把汗水用来滋养它沧桑的根茎，以及略带微黄的叶子。我到了山顶，我长出了稚嫩的胡须。下山的脚步正如西西弗斯下山的脚步，我们重隔万里一同下山，在崎岖的路边欣赏野花。风景看多了，就想回首高山的壮阔。荆棘划破手指，雪覆盖整个世界，白茫茫的，我看见了鹰和雪豹。

那是一道川流不息的河，绕过大山，进入平原。星垂天角，夜色开始温柔，凉风侵袭。坐在河边，我可以听到汩汩的靡音。蛐蛐跳上了脚，又被鸣叫进草丛。躺下，一天的疲惫慢慢消失，让强劲的心脏渐渐平静，哪里可以瞅见离别的家乡？

晨曦漂白了半个天，飞鸟拍翅遨游。你可曾想过，盛夏里的知了钻出地面，聒噪着每一寸土地。倾盆大雨从天而降，泪眼迷离。终于有雨了，伴着微尘。大地被清洗一次，又被新的污垢连缀。知了消沉了，后代钻出地面脱壳而出，金光闪闪。我来了，像固执的石头，像夸父迈着笨拙的步伐。

雷霆过后，云散天开，风也去了。有一匹马，嘶鸣。有一只海鸥飞错了方向。有一群骆驼在水里游戏。我累了，需要休息，盘腿面向北方。

天光微微，有垂天之鱼从海里来。

终南山哭了及骑士与剑（组诗）

凤兮凤兮归故乡，遨游四海求其皇。
时未遇兮无所将，何悟今兮升斯堂！
有艳淑女在闺房，室迩人遐毒我肠。
何缘交颈为鸳鸯，胡颉颃兮共翱翔！

——题记

一

终南山它哭了！
哭得那么可怜

终南山它哭了
天下着昔日的绵绵雨
弹奏《凤求凰》的那把古琴
潮湿而又腐朽
千年的弦柱抽噎的如同
积攒千年幽怨的弃妇

终南山它哭了
风挂倒了筑了巢的梧桐
凤已徘徊，凰何处求？
飞动的沙石遮蔽了万物的眼
骑士依然骑着他那匹赤红的老马
在风中，在火中和雨里凛凛而立

终南山它哭了
一把锋利无比的剑如同世界抹上了
冰冷的霜
藏在骑士的剑鞘
岿然不动

终南山它哭了
它哭的那么可怜
因为那个历经沙场从未出剑的骑士
遇到了那朵洁柔的云

终南山它哭了
剑出了鞘，剑入了骑士的心
穿心而过
那一声长啸似万里浮云
骑士他哭了，眼泪
顺着剑染血穿心而滴

终南山它哭了！
哭得那么可怜

那把剑进退不能

二

阳光明媚的腊月
那朵白色的花儿
试图绽开蓓蕾的芬芳

夕阳从未穿越的方向
飞来一只自由翱翔的鸟
寻找伤残破败的草枝
俯视万物的树杈中间有它
搭建的温暖的小巢

风开始猛烈地刮
深邃的天空犹如神秘的
心灵和叵测的玉宇
在你的眼里注满了
青色的海水
生命成了那只鸟嘴里
伤残破败的草枝

终南山她又哭了
绵延的山脊抽搐起伏
我站在她的身边
想抚摸她颤抖的长发
软弱无力的眼泪从

她的脚下淌过

消失的爷爷
你还在自己幽暗而狭小的
小天地里舒适的安眠吗
我想带着巨大的终南山
和你一起长眠

一起哭吧，终南山
你哭陷了你磅礴的胸襟
和雄伟的脊膀
我来祭奠
我哭去了我飘忽的魂魄
你来怀抱

三

终南山，别哭
你的哭泣令我悲伤不已
你看，云儿在替你哭
花朵在替你掩泪
滴血的杜鹃滴完了万年的血泪
嗓音嘶哑，眼珠朽烂

大地发出喑哑的声鸣
淙淙的泪水从你肋骨淌出
你抬起你的头

没有鸽子的天空失去了方向
黑暗的海面漂浮着几片
枯叶和羽毛

救你的方舟在哪里
我站在你的肩膀上
向远方，向太空，向四遭
呼喊，你伟岸身躯像绝望的
雄师，终南山
别哭，夜，提着她明亮的橘灯
布满了我们的头顶

退去的海水留给我们一条鱼
消散的乌云像幽灵来回游荡
夜，提走了她的小橘灯
将乌鸦散满晦涩的天空

我和你深陷进宇宙的
圈套，亘古的你历经沧桑
却如此忧伤
终南山，别哭

四

哈哈，终南山她哭了
我站在窗子前
手持咖啡杯

眺望远处的终南山
山麓的初冬
树木寂寥

淡淡的岚霭在半空飘荡
青色的小麦从僵硬的厚土
伸出分裂的脑袋口吐寒霜
如鹅卵石的夕阳
挂在山的西角边

一阵雾轻的像叶唇上的露珠
飘飘洒洒滋生繁衍
裸露的大地披盖白色薄纱

哈哈，终南山她哭了
我看着她慢慢地被雾霭吞蚀
她强劲的双脚
她青筋暴突的钢臂
她拥有弧度美的腰肢
她柔软的长发
她泉水饱满的乳房
她渐渐凝固的眸子

哈哈，终南山她哭了
我看不见她的眼泪
听见隐隐约约消失的抽噎
终南山她哭了

我喝一口咖啡
哈哈，终南山她哭了
咖啡的味道
和雾霭粘为一体
我只想笑

五

想写一首诗
来表达我对你哭泣的终结
想写
一首在你巨大坟冢前焚烧的诗
一首不能流传只为你的诗
一首我不曾想写出的诗
一首祭奠你泪尽的诗
一首为你送别的诗
一首深情的诗
你的哭终结了
一位沉寂了亿年的终结者
一位走向支离破碎的终结者
一位吸收光芒始怀理想的终结者
一位充满了对宇宙的幻想的终结者
一位孕育春花秋草而落发衰老的终结者
一位泉水淙淙泪水淙淙而不回流的终结者
一位长期酝酿长期生长而又如流星短暂陨落的终结者
你哭的终结
犹如

一只无酒的酒瓶破碎
一头患口蹄疫的肉牛被枪毙
一张手纸掉进了厕所又给抛弃
一条健壮的汉子和乞丐跪在一起
一双千疮百孔的袜子让脚贯穿前后
一本叙述人性美但被世俗所颠覆的故事
一条仅仅是装饰也衬托肉体性感的白色皮带
这是你最好的价值和功能
终南山哭了的终结
也是我的终结
她哭了的终结
也是我打开窗子的终结

大雾迷茫的夜

大雾迷茫的夜
飞鸟在终南山上空掠过
岩石开始支离破碎
一条幽暗的河从远处袭来
昏黄的灯光下
那条狭长的身影
孤零零的行驶

初冬的地面铺满潮湿落叶
蝙蝠的翅膀闪现出思想灵光
——岁月胜诗

无 题

穿过广场，有秘密盯梢
有一驾马车富丽堂皇
当我手握镜子的时候
刺眼的阳光折射到面孔

总是听见鸽子的叫声
扇动着翅膀，落在生命的枝丫
我不知道路人打的哑语
只见狐狸的眼睛滴溜转动
那狡黠随之而来

这一片布满大理石的沼泽地
只有会飞翔的祖先从这棵枯木
跳到那棵枯木
远方荒凉的山峦遥不可及

我 醉

我歪脖子晃脸
我把可爱的猫当快要饿死的老鼠来捏
我拿起瓶子想起我的父亲他的歌喉
我想剁下你的手给我来装饰洁白的墙壁
我想用最美的谜语破解你的奥妙
我的姑娘，终南山的白云在漂泊
蓬莱仙岛，景色如画
由远及近，我从山麓袅袅霭雾村庄看到
一片一片橙黄橙黄的油菜花
再看到我的脚下，一双破烂的袜子和草鞋
我的姑娘，我怀揣酒瓶，让我想起你醉色的美
两个酒窝，让我们再喝一口，扔掉瓶子
姑娘，碎片溅起层层波浪，我夹着滑板
做一个冲刺的姿势，蘸点唾沫
然后妙笔生花。我口吐胡语，身载胡歌
一阵胡风吹起千秋万春的蝶恋花
我醉，我多么清醒，开水也变成了酒精
我挥舞尖长的镰刀割下野牛的鬃毛
我托起重重的你，扔向远方

这个冬天来临得太早

这个冬天来临得太早
终究让我恨你不堪
北方的风还是那样的猛烈
吹撕我眼角火辣的纹皱
美丽的黄昏消失的如此之快
冰雪覆盖长空万物
本想登上就向天庭迈近半步
那越来越远的身影像醉汉潦倒
踉跄地踏进金色眯眼的泥淖
身子犹如坐卧棺材的吓人僵尸
魂魄飘忽至那高高的九层之外
似乎狂风煽动着无耻的火舌
舔食我的脚还有那茂密的森林之根
干枯的河流露出它赤裸的肌肤
我愿意用一块石头砸向它
让疼痛响彻苍翠的高山湛蓝的玉宇
多么漫长而旷达的夜晚
点滴的篝火剩下炽热的拨火棍

灰烬之旁依然有人挥舞着
像法西斯挥舞着刀枪上的孩子
成群蚂蚁啃啖死硬的骨头
春天抽出发霉的嫩芽
你愿意把种下的梦幻罂粟
一朵一朵的养肥血肉之躯？
这里需要一场大火一场暴雨
毁掉并洗刷。洪水的时代从内心升起
大禹鞭策着他迅疾的九五之车
只要有鸟还在翱翔有马还在奔腾
高贵的太阳还会被我摘下

迷 惘

总有阳光无法企及的叶子
我无法理解的许多曲调
也许你或她，都是无鱼的小溪
清澈透亮，我像一展木筏
轻轻地划过

偶尔的湍流曾让我兴奋
那止不住的泪水
浇灌砾的沙滩
岸草鲜绿，我把花朵与蛙声
虔诚地捧送

穿过灼林，顺流而下
暗淡的云同我一起愉悦
几回落日，山寂静耸立
苍茫的海水托起
黏满霉绿苔藓的水舟
低沉的乌云成我的眼

雷雨轰鸣

又是一个明媚，苍穹寥寥
像一只蚂蚁驾驭枝条
浪花爬高又落，拍打我的双膝
风刮走脚上涩涩的咸
筏子亦如腐叶

流　放

没有警察，没有人逮捕
没有法院，监狱，诬陷，强暴
没有恶的动机和行为
甚至，没有他人的参与
我判决自己无期流放
最好，是死刑一般的流放
死的流放
我判自己，去繁华的大街
流放，判自己看明亮的橱窗里
那双修长的腿，翠绿的藤蔓在爱的脚下
盘绕，我判决自己
到长江，到黄河，到湘江，大渡河
有鱼的地方，必有着美丽的泪
和为爱而生长的故事
我判自己，翻山越岭
跋涉高高的唐古拉山脉
捧着香火，搜寻古迹
搜寻有宗教的地方

因为我要对你，充满宗教的虔诚
判决自己，不论大江南北
不论彝族藏族土家族
不论吴家客家闽南人
只要有女人的地方
判你流放
判我日出时怀着夜的温柔和神秘
判我日落时有一颗启明星的眼睛
判我月落时依依不舍
判我月出时纯洁美丽
判我在梦里燃烧大地的心魂
判我在醒中干裂你的嘴唇
判我到杳无人烟的漠漠戈壁
曝晒和劳累
判我死刑

图书馆地下室

那么的寂静
你可以听见雄鹰穿云的劲力
一声一声的嘶鸣
空荡的墙壁愈加落寞
纸张像蜗牛慢慢翻滚
煮开了的水让你自然沉默
风穿过茶褐色的走廊
那是来自遥远的海水
和天上的纸鸢
雪开始下，宇宙被裹了一层缟素
无人的世界，冒着黑夜
扛着失宠的木箱继续蹒跚
有弯曲的两行犀牛脚迹

回来的路

不该走那段岔开的路，尘土飞扬
它像曾经温柔过的七寸小蛇
黑夜沉沉，皲裂斑驳
从树林穿来凛冽的风
像苍天刻画在大脑的痕迹

时间是冰封的长河
有人在上面潇潇的歌舞
鱼儿已经游向了远方
有一群瓦蓝的鸽子飞来
它们又扑腾腾地飞走

我不了解我的灵魂

人生似乎是一种轮回
我从小山村出生、上学
进城，正值而立之年
或许有一番惊天的事业
却渴望回去耕种我那一亩五分地
我喜欢那里，沟梁峁壑
九月火红的酸枣和
不多见的老梨树
怀念柿子花掉落在金黄的
田地，微风袭来
躺在刺肉的麦秆里
为蛐蛐编制牢笼
我不了解我的灵魂
其实无数次在梦中
或者被岁月抛弃的时刻
自己为自己铺了一条通往
家乡的路
那条似近又遥远的路

翻越深沟长长的路
像一条丝带，在我的眼前飘舞
这座巨山脚下的小村庄
在我的眼眶旋转
然后轻轻掉落

我们这一群

我们被一堵墙所阻断
眼望着太阳
却不知黑夜是否还会有群星璀璨
我们手握帆板
加入冲浪的行列
而岁月如同脚下的江河

我们这一群放逐生命
又渴望美好
将命运交给阴云幕布的上天
祈求风雨，又惧怕雷电

大地已离我们很遥远
高山似乎变成魔鬼手中的城堡
历经沧桑，也只不过是为了
夺回一把摇椅

一代人

一代人
喜欢对着镜子讲话
一只公鸡向院外跑去
再沿着马路扇翅而飞

一代人
老了，依旧热衷
用肉做成喇叭
吹嘘悦耳动听的曲调
抛一只使众人起哄的绣球
寻两个丫鬟，凌波微步

一代人
在一间斗室
窗门禁锢，沉闷般制作
在牙齿与牙齿之间
寻找出一条可爱的虫子
扔进渴望雨露的血色嘴唇

一代人
从西边搬来麦麸
又悄无声息地
送到东边
蒸一笼烟雾缭绕的馒头
喊叫在街头

一代人
在绝境中凿石开花
后来拜鬼谷子做了师父
独自穿梭于六国边境
匍匐在玉阶之下
细细乞讨

一代人
明火执仗
三十六计，走为上策

忽 然

谁在触动我的灵魂？
谁在浸湿我的眼珠？
谁在敲打我的骨髓？
谁在阻断我的血液？
谁在制造我的孤寂？
谁在默默地被我祝福？

我 想

我想，从山头下来的一场雾
迷住了我的眼，婆娑缥缈

些许的风从身后吹来
劈开一条濛濛的山道

我看清那隐约的山，冰冷的山
忽然有一股透心的痛

黑色的雨落在心里
周遭一片狼藉，山也崩裂了

滚石如梭如千钧，我如汪洋大海中的一滴水
我想，山应是固若金汤的

疯子的感觉

有一种感觉
似乎自己要变成蚕蛹
这种感觉让我痛苦不堪
我想撕裂它
我开始不剪毛发，任它疯长
不刮拉里拉碴的胡子
不修指甲，任它像大海里的帆
我把上衣脱掉，裤子脱掉
连内衣也不要了，全身赤裸
某一天，选择阴雨绵绵的一天
离开自己的房子，住宅小区
奔跑在把我当疯子的眼睛中间

我们一直在走

我们一直在走
云朵飘来被我们撕碎
雨紧跟我们的脚步
阳光贴着厚重的胸膛
心是坚定的
跳动的节奏犹如夜里花开的香

我们一直在走
每一次洁白的浪花
都是风对我们撞击的缘故
行走在峡谷
从山间隙缝里穿过
依偎着臂膀
手是永恒的铁链

我们一直在走
剑穿过我们的心
泪水流淌

熔岩像我们澎湃焦灼的血液
凝固我们的意志
我们的灵魂是贴的

断 想

刚钻出隧道
我感到天气清爽，阳光充足
火车行驶在半山腰
没有人送，没有人接

中途下车观赏半山腰的野菊花
九月的日子，像腾空而起的一把石子

我寻找到一条铺满符号的碎阶路
一直蹬，汗流浃背

鸟语的时候，流水淙淙
多么空旷的山谷，云如烟
四处张望张望，四处走动走动
那一山的草，犹如万古的青冢

西坠了，残星

告诉我黑夜是什么颜色
黏稠的液体将我深深地埋藏
像子宫的婴儿混沌沉睡
不要喊醒我
渴望这种巨大的包容
像长长的、无边无际的宇宙
我的躯体飘散于此中
我与空空的宇宙化为一体
它穿过我的心我的骨髓和灵魂
其实，我渴望死亡
渴望没有灵魂的世界
谁也不想见
那黏稠的液体本不该属于我
属于我的犹如我看到西坠的残星
西坠了，残星
你将黑夜留给我
将黏稠的液体留给我
将与我同一的宇宙留给我

西坠的，残星
一刹那的力量崩溃我的底线
看着我慢慢地投入大地
蔓草像疯子的毛发
什么总推着巨石阻挡血液的流淌
盘错的血管张牙舞爪
扭曲抖动，我静静地等待
那最后一刻的袭来

空 洞

当我收走了
一些感情
你想
我会拿什么来填充
留下的那个空洞

夜深了

夜深了
窗户一旦关上
好像所有都安静下来
我把昨天的水果扯开
抓出一把又一把的
尘土与青草，夕阳就埋葬
在它们的下面
许多虫子，穿来穿去
正如我一个人飞奔在烟雾弥漫的
深山老林，恐惧的灵魂像晨起中
白白的影子散去
面对大海，赤裸的身体
今天才穿上坚韧的衣服
沙滩边留下的闪烁和温热
刚从我的幻想里爬出
驶向无法阻挡的潮水
呼喊的时候，发现
原来做乞丐也有一种
无助的美好

知了

长久地沉默
我一直在沉默
眼看着他们一个
又一个破土而出
奔来的每一位告别着
让我心痛一次
还是那样沉默
金色的躯壳遮掩
软弱的身体
有那么一天
僵硬的苹果脱去了
青色的外皮
连绵阴雨
我躲在梧桐树的阔叶里
长久地沉默
一直在沉默

太阳在哪里

雨水敲打叶子的声音
像我心上扳落的
碎片，沉寂的村庄
繁盛的夏木
哪一位路过者或
默默掠过的滑翔者
愿意停留在我的脚下
注视那么短暂的片刻
我会带着潮湿的嗓音
为你歌唱
留下你的印记
每一页印记
都是我生命书上的墓铭

注视我，是让你了解
一只知了的悲伤
我要得到的是彤云散去
阳光高照
我比一颗叶子短暂
比一只麻雀更讨人厌
比粪堆上开出的蘑菇美丽
沉默。等待。沉默
什么时候我才能
发出自己聒噪的声响

宋 江

你犹如一群蝴蝶鼓动翅膀
斑斓的纹案和着呛鼻的粉尘
在太一的大地如同阴云漫过
你的声音刺醒时常闭眼的天帝
你杏黄色的旗子比金箍棒耀眼
你要什么？一翁酒一座银山
抑或蘸着腥味的人头
你在伏地拜天的当儿戏弄人生
又像婀娜多姿的宫妾
从蝙蝠的嘴吐出几根恐怖的獠牙
你蓝色的血液穿过心门
抵达幽暗的古井
张灯结彩的楣头
被嘹喨的唢呐和宽敞的轿子挤满
你爱做梦，你扶摇他们天真的种子
在半人半兽的世界充当苍鹫
像皎洁的月光下的圣者
可是，你们何必在意前世的孽缘

一样的排排杀走过
于血光波涛的海际寻求唾弃女性的快感
你们浑身贴满各种标签，尤其是你
影子似纸鸢般忽左忽右
让历史的小孩牵起细长的线
放飞你

没有名字

你总是伏案
纸张像雪花一样
飘散在屋子四周

你蓬松的毛发变得焦黄
皱着稀疏的眉目
灯光里射出无限的明亮
每夜将你的影子准时的
印刷在玻璃窗上

世界安然平和
你的笔发出沙沙的轻声
像永久的闷钟

你提进成捆的稿纸
卖掉成袋的垃圾
用红色的手帕
擦拭眼镜上的灰尘

你举起长长的拐杖
推开每天清晨的窗子
然后清唱一句
我没有名字

白　鸽

不知为什么
我突然想起白鸽
舅舅曾经养过许多
还送了我一只
白鸽飞走的那天
正好是一个黄昏的天空
它先飞到我家的墙头
望着远方，蹲了一会儿
然后扇动翅膀飞走了
我始终记得，它来的时候
躲在屋檐的半空不肯下来
我沿着凳子小心翼翼地将它
放进挖了一个下午的鸽窝
它飞走了
飞走了
再也没有回来
我等着它回来
我的白鸽

猫

你瑟缩的身影四顾张望
我打开笼子
春天来了
你直接躲进庞然的柜下
在暗处隐藏自己
我只好俯身将你拉出
你喵喵地叫个不停
战栗着走向牛奶
用鼻子——嗅嗅
再嗅嗅，转身回到暗处
这次我怎么也拉不出来你
你使劲地向后躲
天明的时候我才发现
你慢悠悠地伸展前脚
懒洋洋地翕合利牙
轻巧地摔动花白的尾巴
漫步出来
然后我才发现盛放牛奶

的盒子早已空空
从此你跳上我的床
日夜守候
从此我的脚趾
便成了你抓咬的对象
穿越小腿大腿和腰际
你挺立在我的胸口
对着脸面，喵喵地叫
那么温柔，那么自信
和撒娇
从此，我的房间和世界
再也无法安宁

昨　夜

昨夜
是你
还是她
发了一条
无名的短信
告诉我
羊怀了小崽
槐花开了
奶奶做了几次蒸饭
有人给堂姐提亲了
我的心怦然一动
我想
你和她
也都长高了

诚实的孩子

我说了句实话
爷爷拿起了沉甸甸地锄头
唾沫溅上了掌心

我说了句实话
父亲骂我生错了的孽障
鞋帮子变成了屁股梅花

我说了句实话
母亲哭了

我说了句实话
女友夺门而走
中秋圆月
做了他人新娘

我说了句实话
邻人跳上了院墙

两手叉腰
黄狗汪汪

我说了句实话
朋友摔碎了酒瓶
愤怒无比
从此，我们反目成仇

我说了句实话
风吹，山也不动
水转，花也难留

我再也不敢说实话

窗 外

一群鸽子总在飞
那不是我们家的

头顶总是飘着那么几块淡蓝色的云朵
我看见远处有一只洁白的风筝
像千纸鹤那般忽上忽下
向极远处移去

但愿那是刚才我的家人放飞的
也许他们还没来得及放飞

也许是我的意念放飞的
我的梦幻放飞的

黄 昏

真是到了黄昏
马车赶到了岸边
暮色沉迷，海水寂静

急切的车夫望了望
一切平常的海平线
船儿已经开走，没有听见汽笛声
没有看见划过的白色的水痕
没有留下远去的爱的踪影

车里的人紧闭着双眼
乌黑的车影，裹着他失神的面容

那一天

那一天清风扫地
那一天看见你绿色的衣裙
黄叶纷纷
天冷了
我的心正如这凄凉荒漠的城市
孤独地站在公交车的站牌
阳光普撒灰色的大地
记忆从天降落
心如刀割
那一天想起初见你时的容言
那一天想起你任性的小嘴
那一天想起那只怀孕的白色母猫
那一天想起月色从你的长发上流过
那一天想起岁月留给彼此的分别
那一天想起你哭泣的痕迹

夜里的女人

昨天夜里
我听到窗外
灰暗的大街上
有人在哭
凄惨忧伤
一分钟过去了
十分钟过去了
三十分钟过去了
我默默地听着
哭声消失了
她去了哪里？
她停止了哭泣？
她还会哭多久？
她有什么忧伤的心事？

苦闷

倒了，倒了
天旋地转
我感觉自己像一只陀螺
被世界抽打

六月十九日

午夜之幕缓缓降落
总在思索着写下一些心灵的文字
可是我无从下笔
好久以来
我难以打发混乱的生活
和混乱的头脑
我在无所事事和无所意义里打转
教案，试卷，听课记录，育人手记
应付的聊天，女生，自习，混乱的课堂
电影，病恹恹的神态，狭窄的眼光
钩心斗角的球场，雨天的神经质沐浴
二锅头，桌旁的啤酒盖，医院，每每
令人头疼的吃饭，厕所，油腻的脸
孤苦伶仃的身影和黑色背包里刚买
的名著，午夜的短信，灼热的床
冷冰冰的灵魂，久抑的爱情和萍水相逢
的陌客，半夜里突然醒来明亮的灯光
无聊的生活

考 试

一想起考试
秋风乍起，落英缤纷
一想起令人头疼的英文
世界紧缩，我赤裸在冰封的天地

昨夜依稀的梦
那样明晰而焦虑
模糊的试卷交织着
恐惧的脸
我在逃跑中惊醒

考试是无力掐死的蜘蛛
我心中养的一条
懂得生死轮回的蚕
是吃尽蜜桃
留下的苦核

考试，是一家人手中的那根线
密密麻麻

小表叔

与我同龄
小表叔
还记得你孱弱的身影
七点起床，早餐
倒下，又起来
午饭，又倒下，午休
然后和我下棋
你不能看电视
只好我独自看，你倒下
算是一场精力恢复的休息
你想看书
老姨夫说，你不能看
浪费精力，加重病情
你实在想看
我就读了两页
读到你显露微笑而后睡去
你晚饭只吃了半碗稀饭
勉强陪着我坚持到九点

你睡了
你坚持了十年
坚持到昨天
带着满眼的倦容和满身的青片蝴蝶
翩翩而去，去了
永久地去了

致一位诗人

很早以前就知道你的名字
可是我并没有
打开你的诗
昨天我去了趟书店
你的诗歌
摆放在最下的一层架上
我翻了翻
差点哭了出来
你那一句：
我想对心爱的女人，流一会儿泪
那是我多年的隐私
没有人知道，没有人理解
那是触动我的最温柔最伤感的一句
我爱不释手
翻了又翻
你也许写的是你自己
可你也写了我的隐秘
我拿起又放下
放下又拿起
那五十二块的定价

故乡、灵魂与梦（组诗）

一

五月的故乡
正如五月的天
五月的风吹 渐黄的麦穗
柿子花落进梦的童年

五月的故乡
瞬息万变
正如五月的姑娘
开始妖娆招展
五月的故乡
青果涩　柳条长
漫山遍野的辰星
点缀少年幻想

五月的豆荚
青嫩透亮
鸡啄幼虫
鸭迈倦步
肥硕的母猪

领几只乖巧的小猪
太阳照射墙角
也照射她们躺倒的身

五月的天空
湛蓝湛蓝
正如奶奶的头巾
散发芬芳

五月的月
收走清晨的炊烟
镶嵌爷爷锄头的明亮
五月的夜
是全家人手中的蒲扇
是葡萄树架下的夏鸣
妈妈纳鞋的声响

五月正如五月的黄昏
夕阳钻进羊群沟壑
五月正如五月的山岫吐云
野鸡栖息松间
石上蚂蚁列队过
柔软的山草喂养
娇艳艳的花

五月的雨似箭
雨脚弥漫

团团的雾气
迷倒姑娘的笑脸
摘杏的篮子像姑娘的眼

五月正如五月
五月的故乡
画在画里
舍不得
画在灵魂里
梦里
忘不得

二

遗忘

停电的夜晚
乌黑一片
奶奶点了一盏
煤油灯

狗和羊

奶奶说
骑狗的裤裆
要烂
我下了狗身
骑羊

鸽子

两只鸽子
一公一母
为他们搭窝
为他们铺草
只为生崽
冬天的清晨
一只飞了
一只冻死了

少侠梦

小时候
常藏一把竹棍
做我的剑
每每的黄昏
独自一人在庭院中
练剑
无人知晓的武功秘籍

将军山

将军山
一千三百七十八米
毛发稀疏
乌青的铠甲
常有苍鹰遨游肩膀
我只上去两次

黄猫

黄猫不黄
原本纯白
只因冬天取暖
被炉火拷黄了
长长的尾巴
拷秃了

柿子花

柿子花
金黄，透亮
犹如四方的鼎
花落
麦子黄

家狗

半年前买的狗
熟悉家里人的气息
家人进
摇尾
我进
独咬
我常不回家

爷爷的牛

多年前的红牛
一头母牛

性情温和
夕阳西下
爷爷扛着犁
她甩着尾

路

长长的路
弯曲的路
一头上山
一头入壑
我走在中间
尘土飞扬

三

记忆 1

放学的午后
柿子树伴着我
静默中看夕阳沉落
大地肃然
幼小的生命从此
埋下永恒

记忆 2

雨过天晴
看乌云散去
犹如交锋的天神
飘卷而去

记忆 3

霎时间
电闪雷鸣
雨急似箭
我和一群提篮子的姑娘
躲在
别家的屋檐下
笑声淹雨

记忆 4

站在场上
阳光闪烁
汗水迷糊了爷爷的眼
一叉一叉
扬起
滚圆的麦粒

记忆 5

一觉醒来
满天繁星
静静地躺着
听
白天捉的蝈蝈
鸣歌

记忆 6

寒冬大地

万木萧条
几颗红色的酸枣
赤裸沟畔

记忆 7
积雪封山
几朵白云悠闲
阳光普照着腊月
撑一张箩
拉一条线
捕捉
觅食的麻雀

记忆 8
风雪的早晨
村墟寂静
皑皑的白雪上
留下两行
兽的足迹

记忆 9
梧桐树的夏天
知了鸣噪
卖冰棍的人
流汗叫卖
我靠着学校门口的墙

记忆 10

油菜花开了
金黄灿烂
坐在无边的花里
照相机拍了
姑娘的烂漫

悼　词

谁也没有想到
包括我自己
会在二十岁，为自己写下一生的悼词

写给自己的身体，那羸弱不堪极度枯竭的身体
曾经设想过许许多多美丽和温暖的身体
曾经像一架发热的机器嗷嗷鸣叫、磨损和变形
在疯狂的夜里痛苦和蜷缩，挥舞着无刃的镰刀
砍伐，砍伐，砍伐

寻找，只是在梦里和想象里
在她人的背影里见到，在天际的尽头
我所不知道的地方
那一朵玫瑰，像薄暮般降落
顺着晨曦不动声色地飘去，我像抓自己的前途一样
站在生命的绝崖

谁也没有想到

包括我自己
会在二十岁，失去辉煌的未来
会像一名瞽者，守候在路旁
敲打没有音符的闷鼓，旷野的人群里
我的身上长满了雪花，我像冰冷的死火
奄奄一息

悼词
在我的前途即将结束的时刻
留下的唯一的遗嘱
祭奠自己，火样的身躯
火样的心，热烈而燃烧
像腾空的蒸汽，保存那份真诚和纯洁
完美和热度

令人不安的灵魂

这是一部半成品诗集。选择出版此作品，无非是想证明：我曾经想做一个诗人，想以诗歌为职业博才取名。终未成功，也幸未成功。

我出生在一个小山村，东南临山，三面环沟壑，如同一座被遗弃的孤岛，一年四季村民靠天吃饭。村子不大，人口不多，却郁郁葱葱，树木无数，夜里寂静的好似漫游太空。多少次脑海浮现这个不起眼的小山村，这片伫立在黄土高原龙骨上贫瘠的土地，孕育了夏季的麦香，蕴藏着冬季火红的酸枣，摇曳着春天的柳条和秋天的乌鸦。醒目的画面至今依旧缭绕。然而，常常使我眼眶湿润，悲伤不已的，还是几座荒凉又荒凉的坟堆。在深夜的枕边，我常用一双深邃的眼，去穿越去勾勒它们的影子。只有这个小山村，打磨出我诗歌的节奏和基调，交织着我诗歌的痛苦与欢乐，我心中美丽的夕阳、枝繁叶茂的柿子树、慢悠悠的耕牛以及关于鸽子的记忆。在我这样一个诗人的血液里，永远流淌着清晨的炊烟、纯洁的雾和雾中的地埂，流淌着数也数不清那高远的星、左邻右舍和他们皲裂的脸上朴实的笑。

经历那一次人生裂变，第一次撞进这个黑洞一般的城市，又懵懂数年，一直以为我是一只向北方飞去的鸟。误打误撞，虽一事无成，却写了这么一本参差不齐的诗集。与其说这是一本反映我思想情感的书，不如说这本书是山村与城市之间震荡、冲击和挣扎的结果，是我内心的乾坤交合、雷电共鸣诞生下的婴儿，一位有着理想乃至梦想却只看见残月的青年眼中的世界。这个世界的样子，仿佛是垂于天空的一条活鱼，或者上天垂下的一条让人涎水欲滴的死鱼。鱼儿本不在乎海的风波，它惯于游泳，却经不起时空的倒换。

在我眼里，诗歌如同豹子的利爪，它一旦抓住你，会将你撕扯的粉碎，所以我宁愿尽早的离开它，远离它，不去招惹它，不愿在艺术虚构的世界里寻找那个自我，我承认自己经不起诗的摧枯拉朽。诗是一种激情的力量，她从来不喜爱中规中矩地说话，讨厌平凡，讨厌对称，讨厌朴素的生活记录，她通过心境乃至造境来勾勒自己的形象，用晦涩难懂的语言来隐藏自己的真实，好似你在游戏的世界发现另一个旷古未有的自己，幻影重重，刀痕累累。若说这本诗集客观的再现了自我，不若说我也在寻找我的镜像，寻找一个文学世界里的我，我是透过窗户刻意的素描自己以及现实人生。我找来了各种意象，远古的、窗外的、高飞的、游水的、农村的、城市的、黑暗的、光明的、微弱的、疾病的、梦魇的、强有力的……我找啊找，上蹿下跳，想把世界的一切颗粒化作我对世界的感受，用我私人的眼，赋予这个世界以别样的意义。我相信，所有的诗皆是私人的，是艺术的幻觉。

我不敢说我的诗有多大的价值和意义，但对我而言，这些诗是我在十来年的日常生活中，零零散散遗落下的些许贝壳。

他们不光鲜，他们却坚硬；他们很遥远，他们却时时被海水冲击到沙滩，又静悄悄地涌回到大海，反反复复。即使有一天，他们沉潜到海底，或是搁浅在风蚀光晒的岸边，也不必惋惜，这是他们生命的劫数。

这部诗集大致是从最新到最旧的顺序排列，我隐去了写作的时间，打乱了部分顺序，为的是保持某种我自己也说不清的统一性，或许是风格吧。

谢谢我的博士生导师王荣教授，他是著名的诗歌研究学者，有他的肯定，我才敢拿出来示人；谢谢台湾漫画大家蔡志忠先生作序，蔡先生是我最景仰的一个纯粹的文化人。同时，感谢凤凰树文化策划人、诗人杨罡先生的热忱。

特别要感谢我的妻子王洋，是她的鼓舞才促使我决定出版此书，因为这被久藏于电脑的文字，我并未发现其价值所在，原本放弃。也因为有她，我才真正觉得人生云开雾散，觉得生活如歌，觉得上苍佑我，浪漫溢心，幸福满屋。

是以记。

作者

2016年5月18日